Babel

BaBil

Tozan Alkan

Babël

BaBil

EDIÇÃO BILÍNGUE

Seleção e tradução
Marco Lucchesi

Apresentação
Edson Martins

Ilustração
Rita Solieri Brandt

ATTAR EDITORIAL
SÃO PAULO | 2023

APRESENTAÇÃO

A poesia de Tozan Alkan, reunida neste volume, permite que capturemos, em flagrante nudez, as obsessões do poeta e tradutor turco. Para isso, é necessário que espreitemos por debaixo das roupas das ideias e elas lá estarão, como vieram ao mundo. A força de toda grande poesia, como é a de Alkan, reside em sua nudez, na ausência de anteparos e adornos, no silêncio que se alcança após emudecer o ruído mundano das letras. Pode parecer, aos desatentos, uma poesia da ingenuidade. Nada mais distante da obra do poeta, que constrói cuidadosa e demoradamente sua obra, erguendo uma fascinante variedade de dicções – a da ingenuidade entre elas.

Babel é um livro que reúne dezoito poemas, selecionados e traduzidos por Marco Lucchesi. Como costuma ocorrer a obras de grandes poetas, sua construção na variedade e na insistência temáticas, abre portas para um mundo singular. Na obra, chegamos a uma Turquia absolutamente quintessencial, que sustenta a gravitação de mundos--poemas em torno de um lugar Outro: a terra da Beleza, do Sonho e da Flor, mas também a do Lamento, da Angústia e da Morte.

A poesia de Tozan Alkan que encontraremos aqui é uma criação enamorada do vento, mas igualmente enredada na repetição obsessiva de algumas imagens: a palavra, o verso e o verbo, fazendo a si mesma poesia do poema. É uma composição na qual irrompem o relógio, o dia, a noite, as horas: poesia do tempo. Nela podemos garimpar a água, o deserto, o céu, as montanhas, a floresta: poesia da terra.

Sem dúvida alguma, a poesia de Alkan dirige aos seus leitores um convite para identificar um inventário mais rico, porque ela se comunica – e isso lhe confere um destaque que é merecido por poucas obras – com nossos próprios repertórios. Afinal, é da aceitação de convites assim que nascem, com as grandes criações, as grandes admirações literárias. Geralmente tais admirações estão enraizadas no mesmo espaço interno e longínquo onde medram as obsessões de todos os aficionados por poesia.

A experiência quase fantasmagórica salva em "Babel", que abre o livro, nos atravessa pelo contato que invoca/evoca nossos eventos (re)vividos, igualmente timbrados pela frustração. O poema que não nasceu não é *Babel,* mas, ao mesmo tempo, é. Quantas compensações fantasmáticas escondidas em nossas vidas privadas, vidas de leitores que jamais estão sob o holofote da poesia – discurso despudoramente aberto às gerações –, se movem ao lermos e relermos o "Babel" de Alkan? Com que força se movem, se tivermos coragem?

Algo semelhante ocorre em "Esqueci". Está ali a cena quase psicanalítica, em que os pedaços de vida vivida se iluminam mutuamente, revelando a ordem e o caos dos momentos em que damos acabamento ao sentido, antes oculto, de nossas vivências. A busca da palavra, que não sabemos se logrou cortar o vento ou trazer o céu, redunda frustrada, dando um vislumbre da sensação (certamente injusta) de um poeta que crê não a ter alcançado. O desejo de socorrer o poeta em seu desamparo pode nos livrar de encarar nossas faturas existenciais, e, no entanto, se lermos o poeta turco com a coragem que a tarefa requer, somente nós poderemos nos reconfortar, depois de encarar, em nosso divã, o que foi sussurrado no divã do Outro.

Insistimos nessa chave de (des)obsessão como percurso de leitura, pela importância que ela nos parece ter para ler uma voz poética como a de Alkan. É uma poesia que se alcança pelas frestas. Algo semelhante, em língua portuguesa, pode estar na voz semeada de tempo e história de uma Cora Coralina... Se toda repetição é sintoma, a (contra)dicção do sintoma é a promessa de cura pela força revivificante da poesia. Não é, portanto, pelo que a obsessão contém de fixidez, mas pelo que induz de movimento em busca da cura pela palavra poética, que realçamos essa possibilidade de aproximação do livro traduzido por Lucchesi.

Destaque especialíssimo merece o soberbo "Cavalos cansados", que fecha o livro. O poema pode valer pelo tropel de imagens e seu ritmo, que nos dão a experiência de alcançar o topo da colina, após a leitura dos poemas que o precederam. Pode, também, oferecer-se como o caravançarai que recolhe e renova toda a tropa que cruzou as planícies e os abismos de nossa leitura. Caminhada que acelera rumo ao éter celestial ou ponto de chegada, onde a exaustão nos contempla, fazendo valer a empreitada?

Ao leitor, que logo estará diante do primeiro verso deste *Babel*, sugerimos o que o Cujo inspirou a Riobaldo, antes da travessia do Liso: não se apetreche de água e víveres para a jornada. Percorra a obra destemidamente, porque a poesia de Tozan Alkan é lugar onde a palavra "carece de fechos".

Edson Martins

RÜZGAR VAR

PALAVRA DO TRADUTOR

Caro Tozan,

Sua obra guarda o vento de Istambul. Sopra incessante em toda parte. É brisa delicada ou temporal. Corre para um destino irreversível. Flecha do tempo, é passado e futuro. Como se fosse um rio imponderável. Essencialmente ecumênico. Líquido ou seco, tudo arrebata e captura. Avança pelas ruas de Bizâncio, atravessa as mesquitas e a torre de Gálata. O vento nada pede para si. É apenas vocação transitiva. Plural e acolhedora. Cada poeta nasce no vento.

Niterói conhece os do Atlântico e os da Guanabara. São filhos de Drummond, Pessoa e Camões. E aqui também seguem velozes. Consolam, desafiam.

Dedico essa breve anemologia a Alexandre Marzullo, Ana Maria Haddad e ao grupo de pesquisa "ML: práticas das transformações silenciosas". E a Lea Nocera, pela revisão do poema "Efil".

Caro Tozan, devo-lhe, e agradeço, uma e outra licença na tradução. Espero ter guardado uma centelha do original. E que se possa dizer, ao fim e ao cabo, *rüzgar var*: há vento.

Marco Lucchesi

pöëmas

BABIL

Dün gece bir şey unuttum geçmişime ait
bir uyku; çetin ve ceviz
içine aldı beni, içine tırmandım

Rüya desem rüya değil, bir kule
Çık çık bitmez dil dile değene dek
Babil'den beri

Tepede tanrı vardı kahrından ölen
alnına düşen perçemi aklımda kalmış
bileğindeki saat; on bir otuz beş

Hayalini hatırasını sordum
Sorsa söyleyecektim daha fazlasını da
Dedi: ölüm uzun, ha bir fazla ha bir eksik

Sonra uyanıp kalmışım divanın üzerinde
harfler darmadağınıktı
sözcükler delik deşik

BABEL

Algo fugiu-me na noite passada,
sono duro de quebrar como a noz,
que me cercava e onde eu devia entrar

Se digo sonho, não é sonho,
é uma torre sem fim, de línguas várias
desde os primórdios de Babel

No alto da coluna, a cólera de Deus
apenas entrevia a mecha dos cabelos
marcava seu relógio onze e trinta e cinco

Indago seu passado e a memória
E muito mais havia de perguntar
Disse-me: a morte dura, um a mais, um a menos

E, de repente, acordo no sofá
as letras em desordem
palavras perfuradas

DIL ÜSTÜNDE MÜREKKEP

Dil üstünde mürekkep
sessiz beyaz sayfalar

Kılıç kınını kesti
kessin beyaz sayfalar

Dal rüzgârı ayırır
aramızda ince bir zar

Konuşsan duyulmuyor
sussan beyaz sayfalar.

TINTA SOBRE A LÍNGUA

Essa tinta sobre a língua
as mudas páginas brancas

O sabre cinde a cintura
lacera as páginas brancas

O vento corta a ramada
um tênue fio nos separa

e segues sempre calada
tornando as páginas brancas.

DIL ÜSTÜNDE MÜREKKEP | TINTA SOBRE A LÍNGUA

UNUTTUM

Tuttum
Bir rüzgârı kestim
kan kırmızı

tuttum
bir göğü getirdim
uzaktan

bir sözcük
firar etti
tuttum

ne çıkar
firar etse
bir sözcük

üç değil
beş değil
dağlar ormanlar hiç değil

bir sözcük
firar etse
ne çıkar

ben de bir vakit
bir hayat çıkarmıştım
yazdıklarımdan

şimdi unuttum

ESQUECI

Busquei
cortar o vento
rubro sangue

Busquei
trazer até
o céu distante

Uma palavra
me deixou
mas fui buscá-la

o que se dá
quando se perde
uma palavra?

não três, nem cinco,
montanhas
não são florestas

quando se perde
uma palavra
o que se dá?

passei
a vida toda
em meus escritos

e agora mesmo acabo de esquecer

UNUTTUM | ESQUECI

ÖLÜLERIN GÖLGESI

Ağzımı ağzına kapattım önce
bir yol ağzı ağızlarımız arasında
ateşti su, ılıdı.

Surlara çıkıp izledim kendimi
yataklarda uykularda izledim
göz oldum giz oldum
izledim düşümde
içimde dışımda izledim

Anladım ki ne yana varsam
ölülerin gölgesi hep aramızda.

A SOMBRA DOS MORTOS

Ponho meus lábios nos teus
um intervalo os divide
Água de fogo arrefece.

Subo as paredes, olho para mim
eu me vejo na cama,
tornei-me um olho, um segredo
vejo meu sonho
e me vejo por dentro

Percebo que a sombra dos mortos
perdura mais forte entre nós.

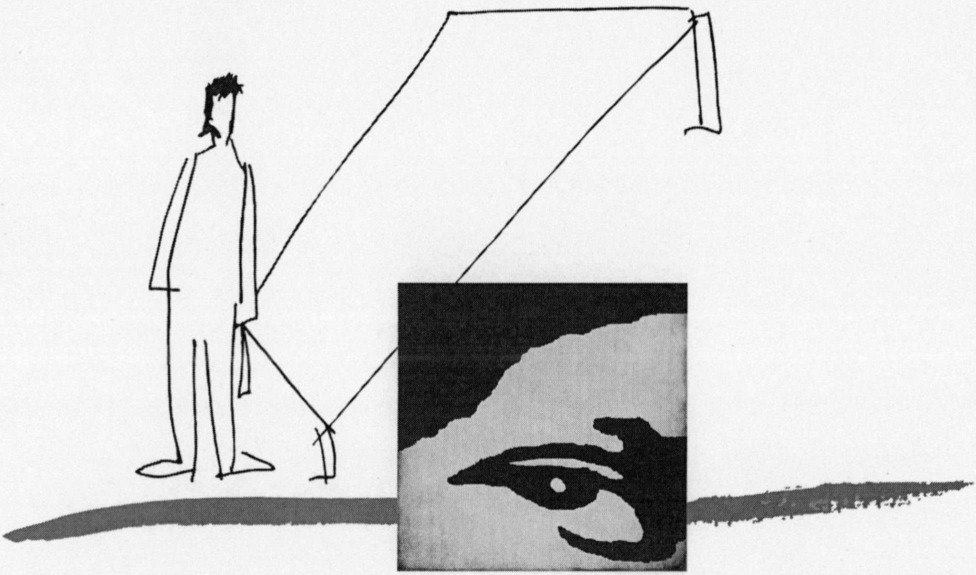

ÖLÜLERIN GÖLGESI | A SOMBRA DOS MORTOS

GÜLE AĞIT

Bakışları menevişli
Kutsal şarkılar çocuğu
Bir bulut taşır omzunda
Yağmur damlası ağırlık.

Mektuplar geçer içinden
Kanadı yanık güvercin
Kırmızısının ucundan
Başlar masalsı yolculuk.

Gökkuşağı... can saati...
Yakılır gülün ağıtı
Meleklerin korosunda
Bir ıs'lığı çalar boşluk.

Bakışları menevişli
Mavi yeşil sarı çocuk.

ELEGIA DA ROSA

Um menino de olhos claros
melodia celestial
Traz uma nuvem nos ombros
pesa qual gota de chuva.

Todas as cartas partiram
A pomba de asas adustas
na sua borda vermelha
descerra nova jornada.

Íris... relógio vital
arde a elegia da rosa
No coro dos serafins
só o vazio assovia.

Ao claro olhar do menino
o azul o verde e amarelo.

BEN KARANFIL

Aklımdan oldum ben karanfil
Gece gündüz geçit vermez yüreğime
Değip geçer ipekten bir şiir.

Üzgün tamburlara benzer yüzüm,
Sesimde dikenli kuşlar birikir
Ellerim telörgülerden bir şiir.

Hangi aşk unutturabilir hiçliği
Hangi düş esritebilir gerçeği:
Sancılı söz, kelebekli şiir.

Uzak yağmurları yüklenir gelir
Yitik anıları yüklenir gelir
Silinmiş kentleri yüklenir gelir.

Aklımdan oldum ben karanfil
Soluğum değip geçer kırmızına
Değip geçer karanfilden bir şiir.

TORNEI-ME UM CRAVO

Não sei nada de mim, tornei-me um cravo
Um verso me avassala noite e dia
Um verso só de seda que não cede.

Desolado alaúde meu semblante
Aves cruéis na minha voz fincadas
Nas mãos fios de versos enlaçados.

Um amor que dissolva nulidades,
Um sonho a depurar realidades?
No verso a borboleta, o verbo magoado.

Achegam-se as chuvas distantes
Revelam perdidos instantes
Desvelam cidades vacantes.

Não sei nada de mim, tornei-me um cravo
Meu hálito ficou vermelho
Poema de cravos marcado.

MEKTUP

Bir beyazlık taşıyorsun
yüzün taşıyor bunu

uzun upuzun kuşlar gibi boynun
asılmışların şarkısı

ellerin kaybolmamış bir şeyleri arıyor
kendine dönen mektuplar gibi

harf harf ürperen sesinde
bir alfabe hiçliğe yürüyor

bir şeylerin daha var şimdilerde
dem diye içirten zehri

CARTA

Teu rosto ficou branco
de repente

comprido, como a garça, teu pescoço,
um canto de enforcado

procuram tuas mãos o imperdível,
as cartas que voltaram ao remetente

tua indecisa voz, de carta em carta,
assim corre o alfabeto para o nada

agora não te falta coisa alguma
nem o veneno que começas a beber

MEKTUP | CARTA

SAFRA

Işığını aydan alır gece, aydan ağır gece
safra değil safran sarısı yürek tortusu

Budur aşk, kuru kemikler vadisinde
delik mataraya sığınan su

Kalbinin yarısı kızgın kumdur çölde
diğer yarısı çoban yıldızı

Aydan ağırdır gece ey rüzgâr gülü
safra değil safran sarısı yürek tortusu.

BÍLIS

A noite liba a luz da lua, e pesa mais que a lua,
se amarelo é o coração, não é bilis, é açafrão

Assim o amor se amora, como a água,
no vale adusto de teus ossos, num desvão

Metade do teu peito, um deserto de areia nua
a outra metade, uma estrela polar na escuridão

Rosa dos ventos, como a noite pesa mais que a lua
se amarelo é o coração, não é bilis, é açafrão.

KOMŞUNUN ŞIIRI

Ağıttır zaman, kör
bıçaktır göğüste
kül olmuş ateş,
pir sultan içimizde

Ağıttır zaman bir
zeytin tanesinde
aşk başına vurur
rakı beyazında

Ağıttır zaman, dil
buzuki sesinde
çınlar akropol
komşunun evinde

Ağıttır zaman yar
bu kıyıda yüzün
sürgündür maviye
kırk gün kırk gece.

POEMA DO VIZINHO

O tempo é uma elegia,
cego punhal no peito,
o fogo a cinza avia
pir sultan, nosso eleito

O tempo é uma elegia,
nessa oliveira, enfim,
uma paixão se opõe
ao branco do *raki*

O tempo é uma elegia,
tal do *bouzuki* a escala,
que ouço do vizinho,
subido som da acrópole

O tempo é uma elegia,
nada no azul do exílio
segue quarenta dias
e mais quarenta noites.

BIR AYRILIK TARIHI

Tanığıdır gerçeğin kan
Sömürgen bir bok böceği
Çeker çanların ipini
Boşlukta sallanır zaman

Ne kalır külden geriye
Tersinden okursak hüznü
Ne kalır gülden geriye
Gülün ölümü mü?

Pamuk ipliğiyiz hayatın
Kendimizi sağalttığımız
Sığınakta dağılıyor suç
İrin gibi.

Ah, yol uzun olmak gerek
Düş defteri, kır kalemi
N(için) tersine yürümek
Bir ayrılık tarihini.

HISTÓRIA DA SEPARAÇÃO

O sangue sela a verdade
O besouro com seu passo
Longe se vai sem alarde
O tempo oscila no espaço

Uma leitura no avesso
da cinza o que manifesta?
Se a rosa à morte se apressa
em seu reverso, o que resta?

A tua vida é um fio de algodão
Um só refúgio ao nosso crime,
para curar nossas dores
e o pus.

Será bem longa a jornada
no livro-sonho, a inscrição
(re)verter é a forma errada
Na história da separação.

SES OLMA SAATLERI

Yüreğin ıssızlaşınca düşer karanlık
tenine, bardak kristalleşir, beyaza çalar,
ses olma saatleridir bunlar,
arp telinden başka bir şey değil.

Ben hep ışık olurum ses olma saatlerinde.
Gece beyaz gelinliğini giyer,
yaylılar nefesliler eşliğinde
mezarlar açılır, ölüler süslenir.

QUANDO NASCEM OS SONS

Deserto o coração, penetra a noite a tua pele,
um copo assume corpo branco do cristal,
essas horas, quando nascem os sons,
parecem cordas de uma harpa.

Quando nascem os sons, abraço a luz.
A noite vem vestida como noiva,
ecoam instrumentos, sopro e corda,
tumbas abertas, mortos adornados.

AYŞENIN UYKUSU

Ayşe'nin ağzı bir akarsu
yüzünden yere dökülüyor
ağzımdan çıkacak söze bakıyor
Ayşe benim aşk dememe

Ayşe'nin ağzı sabahın çiği
uç uç böceği gibi ıslak
büyüyünce önüne önüne
akacak evde kalan saçları

Herşey aramızda kalacak
Ayşe, ben ve Ayşenin boynu
iyi'ki uzun göğe doğru böyle
hadi Ayşe bu uyku senin

Ayşe gidip bir uyku buluyor
kendine koca bir orman
ah Ayşe bu ağaçlar senin
Ayşe'de bu defa söz tamam.

O SONO DE AISHA

A boca de Aisha é um rio
são águas que banham a terra
ouvir de meus lábios espera
o que antecipo ao verbo amar

Deitam orvalho os lábios de Aisha,
brilham úmidos como a joaninha,
e súbito se apressam a crescer
quando se espalham soltos os cabelos

Será este o nosso segredo,
meu e de Aisha, e de seu alto
pescoço para o céu tendido
Aisha, entrega-te ao teu sono

Aisha começa a dormir
adentra uma vasta floresta
são tuas, Aisha, essas árvores,
uma palavra agora sem arestas.

AYŞENIN UYKUSU | O SONO DE AISHA

MIH

Gölgede güvercin
kalpte mıh

sekiyor
hiçliğin üzerinde
aynalarla
kurduğu oyun

akıl yürüyünce göğe
genişliyor

ağacın
rüzgardan gelen sesi

telaşı
dışarı çekiliyor
çoğalan
içinde hatıranın

-kim
sustu taşı
yazıya
gerdi yayı?

su gömüldü

– sabah
uykunun pervazında
yorgun yontu
suskun güvercin.

UNHA

No coração
a pomba na penumbra

cruza
espelhos
do nada
que o jogo forjou

após tocar o céu
a mente se dilata

sussurro da árvore
varrida pelo vento

desvela-se o afã
onde as memórias
jorram

quem
a pedra calou
para escrever
e o arco dobrou?

água sepulta

– manhã
cenário do sono
a estátua abatida
a pomba calada.

MINÖR SANCILAR

Hayatın telâşıdır
içindeki yangın.

Ahşap bir çalgının kefenidir
Yüzün aynada.

Yansır yıkıntılarına
Acının hayâli.

Aşkın minör sancıları
Gibi sararır gece ve an.

Kırar hüznü rüzgâr
Kırar hüznü erguvan.

DORES, TOM MENOR

Esse fogo que te abrasa,
sinal de vida insurgente.

Teu rosto no espelho,
sudário no instrumento de madeira.

O mal de amor cintila
em mil pedaços.

Esse pequeno mal, em tom menor,
a dissipar-se como a noite e as horas.

Já cessa a mágoa quando sopra o vento
a mágoa cessa na árvore do amor.

MINÖR SANCILAR | DORES, TOM MENOR

CANINA KIYAN ŞIIR

Kıyıları vurunca denize
su kurur
serinliği örtünür üzerine

eğnine dardır gömleği
iskeleti iğreti
etin içindedir

uçurumu, gökdeleni…

karanlığı emzirir
biletler kesilirken sabaha
cesediyle oturur
pazarlığa

eylül
her şairin elinde
canına kıyan şiir.

POEMA SUICIDA

Ondas quebram na praia
perdem água
e uma brisa suave se espalha

usava camisa estreita
oblíquo seu esqueleto
metido dentro da carne

nutria o abismo, o arranha-céu ...

a escuridão
compra a passagem ao romper da aurora:
com seu cadáver,
sentado, barganha

setembro
todo poeta, nas mãos,
um poema suicida.

UZAK

Umutlar ne kadar azalsa da
Uzaklar bıramıyor yakamızı

DISTANTE

Se a esperança dista, é indiferente
A distância jamais nos desabita

UZAK | DISTANTE

EFIL

Efildim
sütü eksilen çocuk
ağzında yarım heves
eksik bir ağıt
salıncak bahçelerinde
sesinde bulut tüten

ayaz
yürür şimdi kelimelere
buruşuk bir kağıttan
geriye hayat kalır
gökte ırmak iskeleti
suda zaman kırışığı

üşünür
aysar geceye bakın
karın yağdığı yere
çocuklar şaşkınlık bahçeleri
benim her adım kara
her adım göğü terleten oğul

AFLAR

Outrora fui vento
mal consegui beber o leite da infância
desencantado amor
flutua nos jardins
uma elegia
fumada pelas nuvens

faz frio
espalham-se as palavras
no papel amassado
somente a vida permanece
esqueleto de um rio no céu
amarfanhado tempo dentro d’água

gélida noite
lua indecisa
a neve no jardim
magia das crianças
meu passo é como a terra
filho que o céu transpira

YORGUN ATLAR

İnandılar saf kandılar krala;
Savdılar gövdeyi ayağı baştan,
Yağmurun acısı kemiklerinde,
Kan damladı dalgın yaralarından,
Damladı ölüm kadar bir kusur.

Ne dizgin bildiler ne de eyer;
Başlangıçtılar masal ülkelere.
– Göz çukurlarında uzakları
Kişneyen bir şehir hüzünlerinde –
Topladılar nal sesleri hep yılkı.

Şimdi bir sonsuzluk senfonisinde,
Kemanların telleri üzerinde,
Dört nala koşturuyor ruhları.

O atları tarihe böyle geçtiler,
Tarihe böyle geçtiler o atları.

CAVALOS CANSADOS

Tão inocentes voltaram-se ao rei,
Seus corpos repentinos ofertaram;
Dor pluvial revestia seus ossos,
Sangue jorrava de suas feridas,
Surdia uma fissura igual à morte.

Nada sabiam de sela e cabresto,
Correndo pelas terras encantadas;
A distância invadia suas órbitas,
As cidades rinchavam suas dores:
Manadas de cavalos iam soltos.

Agora mesmo suas almas,
Numa infinita sinfonia,
Correm nas cordas céleres dos violinos.

Cavalos ficaram na história
Ficaram na história os cavalos.

BIOGRAFIAS

TOZAN ALKAN

Poeta e tradutor nasceu em 1963. Após terminar o Liceu de Galatasaray, graduou-se em Administração pela Universidade do Bósforo. Membro do Pen Club da Turquia e da Sociedade dos Tradutores Turcos. Foi editor, de 2007 a 2012, da revista *Çevirmenin Notu (Nota de tradutor)*. Traduziu um sem-número de escritores, dentre os quais Anatole France, Charles Baudelaire, Lord Byron, Victor Hugo, Oscar Wilde, William Blake, Emily Dickinson, Tristan Tzara, Philippe Soupault, DH Lawrence, William Butler Yeats, Federico Garcia Lorca, Antonio Machado e Alfonsina Storni. Organizou dois volumes de poesia: *Moderna poesia de Taiwan* (*Tayvan'dan sesler*) e *Poesia contemporânea de Hong Kong* (*Çağdaş Hong Kong şiiri antoloji*). Seus ensaios sobre tradução e linguagem, publicados na prestigiosa revista *Varlık (Presença)*, estão reunidos no livro *Çevirdim dilim yandı (Porta aberta*, 2014). A obra poética concentra-se nos livros *Şiirin günah defteri*, (*com* Şeref Bilsel), *Zaman ve maske (Tempo e máscara,* 2002), *Kalbin akşamüzerleri* (2005), *Ve rüzgar* (2007), *Sana şehir gelecek* (2011), *Açık kapı* (2014) e *Şimdi* (2019). Traduzido na Polônia, por Antoni Sarkady (*I wiatr, slovo/obraz terytoria (O vento, territórios da palavra/imagem*, 2011), na Bulgária, pelo projeto TEDA (*Кадрие джесур, Souveniri,* 2014) e na Croácia, por Daria Zilic (*Smrt pogađa metu, Shuora*). O livro *Açık kapı* foi publicado nas edições da Amazon, traduzido para o inglês por Ender Gürol (*The open door*). Laureado com os prêmios *Behçet Aysan* e *Metin Altiok*, Tozan Alkan é editor-chefe da revista de cultura e literatura *Virus*.

MARCO LUCCHESI

Poeta, escritor, tradutor. Sua poesia está reunida no volume *Domínios da insônia*. Autor dos romances *O dom do crime*, *O bibliotecário do imperador*, e *Adeus, Pirandello*, que completam a "trilogia carioca". Traduziu, dentre outros, Silesius, Iqbal, Khliébnikov, Hölderlin e Trakl. Atualmente é pesquisador visitante da Università degli Studi di Napoli "L'Orientale", em língua turca. Doutor *Honoris Causa* pelas universidades de Tibiscus e Aurel Vlaicu, da Romênia. Recebeu os prêmios Jabuti, Alceu Amoroso Lima, Città di Torino e George Bacovia. Seus livros foram traduzidos para mais de quinze idiomas.

RITA SOLIERI BRANDT

Designer gráfica, artista plástica e ilustradora. Participou de importantes mostras de arte como *Salão do Mar*, *Salão de Novos* e *Salão do Miniquadro*. Atuou como ilustradora no jornal *O Estado do Paraná* e na agência de publicidade *Umuarama*, além de realizar produções para livros e projetos na área cultural. Participou da criação de projetos editoriais do *Jornal Nicolau* e da *Revista Helena*. Em 2007, foi finalista do prêmio Max Feffer de Design Gráfico/Editorial com o livro *Antares*. Atualmente coordena o setor de design gráfico da Secretaria de Estado da Cultura do Paraná e é professora na mesma área da Universidade Federal do Paraná - UFPR.

EDSON SOARES MARTINS

Doutor em Letras pela Universidade Federal da Paraíba. Concluiu estágio pós-doutoral junto ao Programa de pós-graduação em Linguística (PROLING-UFPB). Atualmente é professor de literatura brasileira na Universidade Regional do Cariri (URCA), onde ocupa também o cargo de pró-reitor de pós-graduação e pesquisa. Professor permanente no Programa de pós-graduação em Letras, na mesma instituição. Editor-geral de Macabéa e editor-adjunto de Miguillim, revistas eletrônicas do Núcleo de Estudos de Teoria Linguística e Literária (NETLLI/DGP-CNPq).

SUMÁRIO

Edição
Sergio Rizek

Seleção e tradução
Marco Lucchesi

Revisão
Cássia Fragata

Projeto gráfico e ilustração
Rita Solieri Brandt

Dados Internacionais de Catalogação na Publicação (CIP)
(Câmara Brasileira do Livro, SP, Brasil)

Alkan, Tozan
Babel = Babil / Tozan Alkan ; seleção e tradução Marco Lucchesi ; apresentação Edson Martins ; ilustração Rita Solieri Brandt. -- São Paulo, SP : Attar Editorial, 2022.

Ed. bilíngue: português/turco.
ISBN 978-65-88776-01-8

1. Poesia turca I. Lucchesi, Marco. II. Martins, Edson. III. Brandt, Rita Solieri. IV. Título. V. Título: Babil.

22-129829 CDD-894.351

Índices para catálogo sistemático:
1. Poesia : Literatura turca 894.351
Eliete Marques da Silva - Bibliotecária - CRB-8/9380

Attar Editorial | Rua Madre Mazzarello, 336, São Paulo
fone (11) 3021 2199 | cep 05454 040
attar@attar.com.br | www.attar.com.br